오늘도 반짝이는 너에게

오늘도 반짝이는 너에게

매일이 똑같아 보여도

그림에다 에세이

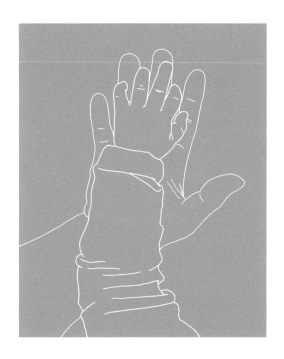

위즈덤하우스

시간이 언제 이렇게 흐른 걸까?
내가 아버지가 되었다

오랜만에 날씨가 화창한 겨울날, 환기하고 싶어 창문을 활짝 열었다.
가족 누구도 짜증을 내지 않았다. 불현듯 아버지가 생각났다. 오래전
나의 아버지는 이른 아침마다 창문을 열어 환기했다. 그럴 때마다 어린
나는 한여름에도 짜증 내며 이불 속으로 파고들었다. 아, 아버지의
애틋함이 오해로 남을 뻔했구나. 그렇게 아버지가 되고서야 깨닫게 되는
것들이 있다.

지금도 종종 나의 아버지는 아버지가 된 나의 일상에 불쑥불쑥 찾아온다.
이 닦으라는 잔소리는 기본이고, 신문을 보자며 부르고, 빈 종이가방을
보는 대로 집 안 틈새에 끼우고…….

하루에도 몇 번씩 밀물처럼 밀려왔다 썰물처럼 흘러가는 아버지에 대한

기억이 언젠가부터는 못내 아쉽다. 밀려오는 기억의 양은 점점 줄고, 나에게 머무르는 시간은 짧아지고. 이러다가 어느 순간, 아버지가 더는 찾아오지 않을지도 모른다. 움켜쥐어도 이내 흘러내리는 모래알처럼 그냥 두었다가는 하나도 붙잡지 못할 것만 같았다.

아버지도 이런 마음이었을까? 잠들기 전, 늘 무언가를 기록하시던 아버지의 뒷모습이 어렴풋이 기억난다. 내가 가족의 일상을 글과 그림으로 기록하는 건 어쩌면 자연스러운 일일지도 모르겠다. 아버지의 아들이니까.

종종 저녁 산책을 하면서 하늘의 별을 본다. 20여 년 뒤 언젠가, 네가 아버지가 되었을 때, 지금의 나처럼 예전 나의 아버지처럼, 너의 일상에도 크고 작은 그리움이 반짝거렸으면 좋겠다. 그리고 어떤 방법으로든 보석 같은 순간을 기록했으면 좋겠구나. 잊히지 말았으면 하는 기억들이 '그리움'이라는 서랍에 차곡차곡 쌓일 테지. 언제든지 서랍을 열 때마다 생생히 떠오르길 바란다.

그리움을 그리다!

차례

Prologue • 4

숨 ············ 들숨과 날숨의 반복을 통해 삶이 이어지는

01   다 지나가더라 • 14
      너를 낳았다는 게 신기할 때가 있어 • 16
      충전 조건 : 금연 • 18
      잦은 야근이 만든 아내의 앵글 • 20
      행복이 간지럽히는 아침 • 22
      아빠도 집안일 9단 • 24
      그래서 더, 오랜 시간 너를 안게 된다 • 26
      너는 나의 에너지 • 28
      그래서 또 폭풍 흡입 • 30
      다시 돌려도 또 안 돌린다 • 32
      시간은 많은 걸 가져가지만 동시에 많은 걸 가져다준다 • 34
      평생 계속될 감동의 순간들 • 36
      임기응 변 • 38
      TV에서만 아름다운 장면 • 40
      아끼다 똥 된 선물들 • 42
      엄마는 기억할게 • 44
      그냥 놀이터에서 모래놀이할걸 • 46
      목소리가 작아질 수밖에 • 48
      급한 출근은 가끔 아내의 양말을 신게 한다 • 50
      너를 담다 보면 어떤 풍경은 그리움으로만 기억된다 • 52
      부모의 하루가 저문다 • 54

첫날 ············ 매일 아침이 마치 삶의 첫날인 듯

02   눈 뜨자마자 이야기꽃 • 60
      모서리 보호대가 집을 점령하는 시기 • 62
      보고 있으면 읽히는 것들 • 64
      아들의 유연함 : 그렇게 살길 • 66
      행복을 그리다 보면 • 68
      크리넥스의 추억 • 70
      조용하면 불안하다 • 72
      그래도 기분 좋은 일 • 74
      경계경보 발령 • 76
      일방적인 약속 • 78
      우린 모두 마술사다 소중한 것을 소중하게 대하는 순간부터 • 80
      아직은 선물보다 선물 상자 • 82
      산책 • 84
      엄마 찾아 삼만 리 • 86
      미안, 아빠 마음속엔 담아 갈게 • 88
      아들의 부엌 놀이기구 사용법 • 90
      사소한 풍경은 결코 사소하지 않아 • 92

손가락 ············ 아이에게 닿기 위해 자라는

03   정확해야 하는 것들 • 98
      안아 줄 수 있을 때 많이 안아 줄게 • 100
      오늘 하루, 잘 지냈나요? • 102
      흔들리지 않고 피는 꽃이 없듯 • 104
      방심은 금물 • 106
      외출 전 체크 리스트 • 108
      집밥이 지겨워 나왔건만 집밥이 그리워지는 지금 • 110
      엄마들의 뜻하지 않은 친목회 • 112
      보고 또 보고 • 114
      주말, 엄마가 제일 싫어하는 아빠의 시체놀이 • 116

아빠의 야근은 엄마의 야근 • 118

아빠가 팬티만 입고 자는 진짜 이유 • 120

아빠라는 의자 • 122

미안하다 사랑한다 • 124

쉬는 날과 노는 날의 차이 • 126

네가 걷기 전까지의 여름 • 128

이런 게 팀워크! • 130

그래서 부자 • 132

여보, 이제 장난감 그만 살까? • 134

지금이 가장 힘들다는 생각이 들면 • 136

루돌프는 크리스마스가 좋았을까? • 138

그렇게 아이는 엄마의 시간을 먹고 자란다 • 140

되새김질 ············· 나 잘하고 있는 걸까 반복적으로 애쓰는

04 몇 시간 후면 또다시 시작될 긴 식사의 여정 • 146

나의 엄마가 그랬던 것처럼 • 148

친구를 만나고 온 날 • 150

늘 미안한 아빠의 앵글 • 152

나만 잘하면 해결될 일들 • 154

육아 • 156

내일은 이 말을 믿어 보기로 한다 • 158

미안해 미안해 그래서 더 사랑해 • 160

달 ············· 여유, 달과 나 사이의 거리만큼 떨어져 있는

05 살아 있다 • 166

육아가 시작될 때 • 168

그렇게 에어컨은 켜졌다? • 170

눈만 감으면 잠드는 행복 • 172

엄마의 친구 가족이 집에 온 날 • 174

드라마 해설 • 176

나는 신데렐라 • 178

어쩔 수 없는, 나는 엄마 • 180

창문 안의 계절 • 182

가끔은 • 184

등원 후 일시 정지 • 186

어떻게 지내? • 188

엄마의 '여유' 사용법 • 190

그래야 나의 시간 • 192

아내를 쉬게 하자 • 194

봄밤 ·········· 봄, 밤에서 아침에 이르기까지

06

아내의 환생 • 200

천천히 크렴 • 202

똑 닮은 기쁨 • 204

들키지 않을 만큼 잠깐, 눈물을 흘렸다 • 206

넌 엄마의 빛이니까 • 208

침대는 가구가 아닙니다 • 210

아내의 든든한 백 • 212

손을 잡고는 있겠지만 꽉 쥐진 않을 거야 • 214

네가 있으니까 • 216

그리운 네일 아트 • 218

어머님은 딸기가 싫다고 하셨어 • 220

엄마는 위대하다 • 222

지금, 사랑할게 • 224

Epilogue • 226

숨

01

들숨과 날숨의 반복을 통해 삶이 이어지는

매일이 똑같아 보여도, 단 하루도 똑같지 않은

'띠링~!'

아내에게서 문자가 왔다. 점심은 잘 챙겨 먹었는지, 오늘은 몇 시에
퇴근할지를 묻는, 예상 가능한 문자. 어제도 그제도 토씨 하나 다르지
않은 질문을 받았다. 그 질문들 사이로 '그래', '곧 퇴근'이라는 나의
짧은 답장들이 끼여 있다.

시간을 맞춰 함께 퇴근하는 날! 이번엔 차 안에서 마치 워밍업을 하듯
집에 들어가 해야 할 일들을 얘기한다. 오늘 하루는 어땠는지…… 서로의
안부를 묻는 이야기가 많이 줄었다는 생각이 스치듯 지나가기도 했지만.
현관문을 열면 일사불란하게 움직인다. 내가 아이를 씻기는 사이, 아내는
저녁을 차리고 집 안 정리를 하고……. 아이가 잠자리에 누울 즈음, 휴~
이제 여유를 가져볼까 하는 야무진 꿈을 꾸는 나와 달리, 아내는 아이와
함께 곧바로 잠이 든다. 어제도 그랬고 아마 내일도 그럴 테다.

그럼에도 일상의 반복이 다행이라고 생각한다. 육아라는 촘촘한 일정표
안에서 서로의 시간이 다르게 흐르고 있다면, 혹은 서로 다른 곳을

보고 있다면? 분명 어느 한쪽이 먼저 지쳤을 테고, 그 이후의 결과는 불보듯 뻔하다. 같은 일상을 반복한다는 건, 서로의 시계가 정확히 맞춰져 있다는 건 어떤 문제에 직면해도 순조롭게 헤쳐 나갈 가능성이 크다는 것. 아내는 나보다도 이 진리를 더 잘 알고 있다. 내 시간의 궤적이 느슨해지면 일과 시간에도 문자를 보내고 집에 가면서도 상기시켜 준다. 마치 방학 숙제를 미루려는 초등학생 아이를 다그치듯이.

물론, 아내가 앞서 걸어가고 내가 그 뒤를 따라가지만, 오늘도 손을 놓지 않고 함께 걷고 뛰고를 반복한다. 처음부터 이랬을 리가 없다. 야근과 회식, 친구들과의 술자리를 일상 밖으로 몰아내는 데만 족히 일 년은 걸리지 않았나 싶다. 이 시절 아내의 문자는 어쩌면 우리를 올바른 길로 인도하는 안전장치였겠지. 어제와 오늘은 같아 보여도 한 달 아니, 일 년을 돌아보면 너무나도 다른 삶을 살고 있다는 걸 새삼 안다. 일상은 한순간에 변하지 않는다. 서서히 서서히.

'띠링~!'
또 아내의 문자가 왔다. 우리의 들숨과 날숨이 반복되며 삶이 이어지는 동안, 우리만의 궤적을 벗어나는 일은 없을 것이다. 물론 아내 덕분이란 사실엔 의심의 여지가 없다!

거대한 구름처럼
잠이 몰려와도 마실 수 없는
달달한 커피

눈물 찔끔 콧물 찔끔
자극이 필요해도 못 먹는
매운맛

무더위를 얼려 줄
아니 하루의 피로를 날려 주는
시원한 맥주 한 잔

그 모든 게
그림의 떡

다 지나가더라

쌔근쌔근 감긴
어여쁜 속눈썹과

살짝 손을 대 보면
옅게 반복되는 너의 숨소리

하나, 둘, 셋, 넷, 다섯
하나, 둘, 셋, 넷, 다섯
......

손가락을 세며
잠이 드는 밤

너를 낳았다는 게

신기할 때가 있어

퇴근 후
너를 품에 안고 있으면

오늘 하루
피곤이 다 사라지고

배터리가
완충되었을 때의

흡족함이
아빠의 온몸에 퍼진다

충전 조건 : 금연

회식이 있던 날
시간은 이미 자정을 지나 버렸다

조심스레 현관에 들어서면
어둠 속 정적의 거실

혹시나 아들이 깰까
살금살금 도둑 걸음으로 들어오는데

안방에서 가느다란
불빛이 새어 나온다

아내가 돌아누우며
헛기침을 한다

잦은 야근이 만든 아내의 앵글

눈은 떴지만
몸은 이불 속으로 더 기어 들어가는
토요일 아침

하지만 그런 쪽잠의 즐거움도 잠시
아들이 침대로 올라온다

아직은
알아들을 수 없는 웅얼거림과
내 눈썹을 만지는
고사리손의 감촉

언제부턴가 이렇게
아침을 맞고 있다

행복이 간지럽히는 아침

눈부신 햇살에

놀러 나가야겠다는
생각보다

빨래가 잘 마르겠다는
생각이······

아빠도 집안일 9단

생떼를 달래느라 팔이 빠지고
이불 덮어 주느라
밤새 수고스럽더라도

가만히 생각해 보면

퇴근 때마다 해맑게 엄마를 반기고
씻고 나면 뽀송뽀송 살냄새에
때론 깔끔하게 식판을 비우기까지……

너의 심장 소리를 들으며
하루를 끝낼 때마다
한 편의 고된 기억은 사라지고
네가 와서 고마운 일들만 생각나더라

그래서 더,
오랜 시간 너를 안게 된다

며칠
야근한 데다
주말 출근까지 하게 된 날

집으로 돌아가는 길이
마냥 먹먹할 때가 있다

멈칫! 하던 것도 잠시
비밀번호를 누르고 문을 열면

마치 거기 있었던 것처럼
현관 앞에 앉아 있는 너

사실, 너를 본다고
하루의 피로가 풀리는 건 아닐 거야

하지만
한 가지 확실한 건

새로운 힘이
생긴다는 것

너는 나의 에너지

시간 날 때
먹어 두는 게
육아의 기본

그래서 또 폭풍 흡입

소화나 되었을까?

지금은
그런 생각을 할 겨를도 없고
하루하루 폭풍 같은 나날들이
지나가고 있다

그런데 날짜를 보니
이런~

결혼기념일도
육아의 속도와 함께
지나가 버렸다!

매 끼니마다
턱받이만 버려도 다행

놀이터에선
바지만 버리면 다행

오후의 그림자가
늘어지는 사이

이미 수북수북 쌓인
빨래들

어제도 그랬고
내일도 그럴 거고

무한 반복인
빨래와의 일상

지친 영혼을 달랠 겨를도 없이
빨래를 돌리다 보니

앗~! 건조기 안 돌렸다!

다시 돌려도 또 안 돌린다

몇 숟가락 더 먹이려고
몇 시간을 빼앗기고

네가 잠들었다 한들……

도돌이표 집안일을 하다 보면
하루가 다 가 버리지만……

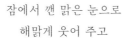

잠에서 깬 맑은 눈으로
해맑게 웃어 주고

목욕만 하고 나면
살냄새 맡으며 깨물어 주고 싶고

갑작스레
"엄마, 사랑해"라고 고백해 주면
그만한 보상이 없는 하루

시간은 많은 걸 가져가지만
동시에 많은 걸 가져다준다

고개를 들던 게
엊그제 같은데

용을 쓰며
배를 밀더니

이번엔 끙끙거리며
기기 시작한다

무릎을 세우고
주저앉기를 여러 번

그렇게 결국,

일
어
서
다

평생 계속될

감동의 순간들

아들이
깨기 전에

미리
세수를 한다

미리
거실도 청소해 둔다

미리
아침밥도 먹어 둔다

그리고 마지막으로
용변을 보려던 찰나

말똥말똥
방에서 나와

그런 나를
보고 있었네

임기응 변

퇴근이 늦었던 어젯밤

그 많은 냄비 중에
젖병 소독하는 냄비에
라면을 끓여 먹었다

부엌이…… 어두웠다……
는 변명이 통하지 않는 아침

어디 도망칠 곳도 없는
거실 한가운데에서
평소보다 더 적극적으로
아들과 놀아 본다

근데 이거 이거
1분을 못 버티겠네

욕 안 먹으려면
멈출 수도 없고……

TV에서만 아름다운 장면

다음 계절에 입히려고 샀거나
사이즈가 조금 컸던 선물받은 신발

언젠간 쓰겠거니 모셔 뒀거늘

정신없이
하루하루를 보내다 보면
잊어버리기 일쑤~

청소를 하다가
옷장 안에서 선물받은 상자를 발견하곤

이 신발 뭐지?
이 모자 한참 찾았는데⋯⋯

이렇게 타이밍 놓친 선물들이
한두 개가 아닌 듯

아끼다 똥 된 선물들

네가 태어나던 날
처음 널 봤던 순간을
잊지 못해

빨래를 갤 때마다
하루가 다르게 크는 너의 모습도
기억할 거야

저녁이 되면 티셔츠에서 나던
새름새름한 너의 침 냄새도
잊지 못하지

하루가 다 똑같아 보여도
너에겐 매일매일이 새롭고 신기했다는 것도
당연히 기억해야지

언젠가
가끔 목소리만 듣게 될……
조금은 떨어져 바라보게 될……
그때가 오면

차곡차곡 너의 기억을 쌓아 두길
잘했다는 생각이 들 것 같아

엄마는 기억할게

아들과 단둘이
보내게 된 주말

달리는 차 안에서
연신 손가락질이었지만

뭘 할까……
고민 끝에 무작정 바다로 향했다

차에서 내린 아들은
바다보다는
한자리에 쭈그려 앉아
연신 모래놀이다

갈매기! 갈매기!

혼자 날뛰고
혼자 소리치고

시원한 바다의 상쾌함은
단지 나의 소원이었나 보다

해 질 무렵
집으로 돌아와 신발을 벗기는데
모래 한줌이 나왔다

**그냥 놀이터에서
모래놀이할걸**

화요일엔
친구와 저녁보단 점심에
만났어야 했는데……

일찍 끝났던 수요일엔
왜 집으로 바로 가지 않았던 거지?

거기다

어제는 야근
오늘은 회식

퇴근 10분 전
아내에게서 전화를 받으며……

목소리가 작아질 수밖에

오늘 뭔가 좀
답답하다 싶더니

양말이 걸을 때마다
자꾸 흘러내린다 싶더니

퇴근하고
거실로 들어서자마자
아내가 말한다

어머 내 양말 신고 갔어?

......

급한 출근은 가끔 아내의 양말을 신게 한다

노랗다고 해야 할지　　　　　바람이 쌀쌀하다고 해야 할지
빨갛다고 해야 할지　　　　　긴 팔은 아직 아니라고 해야 할지
모를……　　　　　　　　　　모를……

　　　　　　　　　　　　　　가을의 색감과 온도가
　　　　　　　　　　　　　　세상천지에 담겨 있어도

엄마의 시선은
가을을 보지 않았다

엄마의 시선은
가을을 담지 않았다

너를 담다 보면 어떤 풍경은
그리움으로만 기억된다

쌔근쌔근~
천사로 돌아온
아이를 재우고

아내가 방에서 나와
TV를 끈다

"왜 꺼? 지금 보고 있는데……"

그렇게 말하는 순간!
이 장면 기억난다

TV를 켜 둔 채
졸고 계셨던 아버지의 모습

그 장면이
내게로 왔다

부모의 하루가 저문다

첫 날

02

매일 아침이 마치 삶의 첫날인 듯

서른이 지나 첫걸음을 배우다

주말 아침이면 으레 늦잠을 자고 싶다. 하지만 스스로 움직여 이곳저곳을
휘젓고 다닐 즈음부터, 아이는 아침 햇살보다 먼저 나를 깨운다.
알아들을 수 없는 웅얼거림으로. 다리를 더듬던 손길이 이내 얼굴을
만지작거리며. 그렇게 나를 눈뜨게 한다.

고사리 같은 손가락 끝으로 무언가를 가리킨다. 달리 알아들을 수 있는
단어가 없었어도, 나는 단지 손가락 모양만 보고도 알아듣고 반응한다.
'이게 뭐야?', '아빠, 이거 같이 가지고 놀자.' 내 자신이 신기하고
기특하다.

"오늘 날씨가 아주 좋은데!" 나는 감성적인 표현이 눈에 띄게 늘었다.
"오늘은 밖에 나가 새로운 세상을 보여 주겠어!" 하이틴 만화책에서나
볼 법한 낯간지러운 다짐을 감탄사까지 섞으며 소리 내어 말한다.
애교 섞인 말과 추임새도 날이 갈수록 늘고 있다. 내가 보아도 나의
변화가 신기하다.

그와 더불어 오물거리는 아이의 입에 밥 한술을 넣기 위해 나의 뻣뻣한 목은 유연해져야 했다. 눈을 맞추기 위해 굳은 허리를 숙이고 자세를 낮추어야 했다. 물론, 웅얼거림을 흉내 내며 아이와 대화하는 아내의 경지를 따라갈 수는 없다. 그렇게 언젠가부터 아이의 작은 몸에 맞춰 온 가족이 몸을 접고 키를 줄이는 게 재밌고 다정하다.

그랬기에 비로소 보이는 것들이 있다. 잠든 아들의 예쁜 눈썹, 미세한 숨소리, 투명한 손가락, 하나하나 만질 때 느끼는 충만한 사랑…….
세상이 처음인 아이 못지않게 아빠인 나도 신기한 것투성이다. 온통 집중한 탓일까? 뒤돌아 처절한 현실과 마주해도 세상이 아름다워 보인다. (아내와 만나 사랑에 빠졌을 때도 이랬나.)

어느 날 너는 하루가 다르게 자라 "아빠 왜 그래? 나는 이제 아기가 아니야."라며 아빠의 뽀뽀를 거부하는 날이 오겠지. 생각만으로도 벌써부터 섭섭하다.

세상에 첫걸음하는 너를, 너를 만나 얻은 애틋함으로 지켜보며, 나는 서른이 지나 첫걸음마를 배우고 있달까?

해가 중천에 뜰 때까지는 아니더라도
늦잠을 자고 싶은 토요일 아침

슬며시 햇살이 얼굴을 간질이기 전에
아들의 웅얼거림에 눈을 뜬다

어제 뭐가 재밌었다는 얘긴지……
그래서 오늘 뭘 하자는 얘긴지……

알아들을 순 없지만
경청의 자세를 가져 본다

서로 대화가 오가는
선물 같은 순간이
시작되고 있는 지금

눈 뜨자마자 이야기꽃

식탁 밑에서
일어설 때마다 아슬아슬

거실 장 모서리를
만질 때마다 아슬아슬

결국,

아내의 화장대 서랍을 열다가
머리를 '콕' 찧었다

그 사건 이후,

아내의 화장대는
당분간 영업 정지

모서리 보호대가 집을 점령하는 시기

64

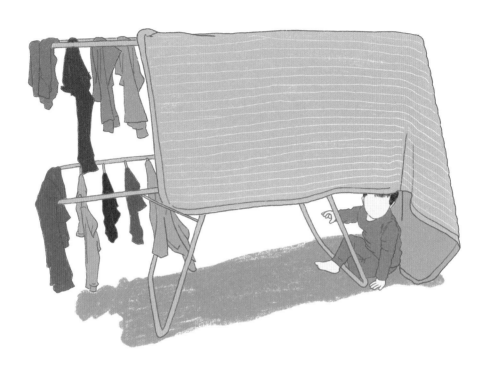

이불을 널 때마다
꼭 그 안에 숨는 버릇이 있다

그렇게 이불 안에서
빼꼼빼꼼하다
엄마와 눈이 마주치면
꺄르르~ 웃어 댄다

이 모습
이제 얼마 지나지 않아

의자를 붙여 이불을 걸치고
그 아래 소파 등받이를 깔고
장난감을 차곡히 쌓은 뒤
아빠의 자전거에서 빼낸 후미등을
깜빡깜빡하며
밖으로 나오지 않을 날이 오겠지?

지금 모습을 봐선
여기까지는 상상해 볼 수 있겠다

보고 있으면 읽히는 것들

말랑말랑~
토실토실~

아들의
살결

그런 촉감보다
놀라운 건

애쓰지 않고도

물 흐르듯
부드럽고
자연스럽게

'다리가 이렇게까지 찢어지다니…!'

아들의 유연함 :

그렇게 살길

어른이 되면
먹기 힘든 디저트를
참 맛나게도 빤다

가끔 기어 와
아빠의 발바닥 굳은살까지
만지작거릴 때면

화들짝 놀라
"이건 아니야~!"라고 말하지만
아직은 알아들을 리 만무하다

그런 아들을 재우고
펜을 들었다

손톱 깎을 때 꼼지락한 일
잠들기 전 짜증 부린 일
저녁을 싹싹 다 먹은 일까지……

오늘의 이런저런 일을
그림으로 그리다

시계를 봤더니
새벽 1시다!

행복을 그리다 보면

뽑아 쓰는 게 맞긴 한데……

휴지를 돌돌 말아
다시 정리하면서
잠시 생각에 잠긴다

나도 이랬겠지?

그런 생각을 하면
날 선 눈으로 널 보다가도
이내 차분해진다

그렇게 종종
너를 통해 내 어린 시절을
만나게 된다

크리넥스의 추억

등골이 오싹할 정도의
정적……

너무
조용하다

아니나 다를까
로션을 몽땅 짜서 바르고 있구나

아니나 다를까
스파게티 면을 깨알로 부수고 있구나

안 보일 때마다
늘 불안한 마음

그래,

언제 또 이렇게

저지레를 하겠니

조용하면 불안하다

어떻게 누웠을 때 편한지
배고플 때 어떤 소리로 우는지
손가락을 오물오물 언제 활동적인지
기분 좋을 때 어떤 표정을 짓는지

이제야
조금 익숙해진 것 같은데……

허리를 꼿꼿이 세우고
팔에 힘이 붙으면서

이동 반경이
넓어졌다

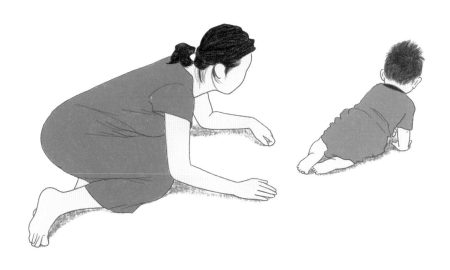

조금은
서운하지만

그래도 기분 좋은 일

친하게 놀다가도
장난감이 하나면
순식간에 적이 된다

경계경보 발령

"아빠! 아빠!"
말을 시작하면서

콩닥콩닥
발소리를 내며 걷더니

"내가! 내가!"
혼자 먹겠다고 숟가락을 든다

며칠만 못 봐도
훌쩍 커 버린 느낌

그렇게 네가 크는 만큼
언젠간 아빠가 작아 보일 거야

그때가 되면

종종 아빠의
흰머리도 세어 주고

가끔은
드라이브도 시켜 주렴

아빠도 갑자기
작아 보이면 안 되니까

일방적인 약속

비도 오지 않는데
카봇 우산을 들고 서 있다

카봇 우산을 쓰고
비를 맞으며 집으로 돌아온 일이
너무 재밌었나 보다

어차피 둘이
놀아야 할 시간

좀 생뚱맞지만 상상력을 발휘해
카봇 우산으로 텐트를 만들었다

아빠는 들어갈 수 없지만
아들에겐 안성맞춤

그 안에
베개를 넣고 장난감을 넣으니

이불로 동굴을 만들어 줬을 때만큼
좋단다

우린 모두 마술사다

소중한 것을 소중하게 대하는 순간부터

곱게 포장이 된
선물을 받은 날

평소 보이지 않던
선물 상자에 눈이 가는 건
당연한 일

포장 끈을 풀고
선물 상자를 열면
그 안에 또 예쁜 색상의
속포장지까지

너무 예쁜
신발이 들어 있다
생각하는 순간

아들은 바스락바스락
포장지를 가지고 노느라
선물은 안중에도 없다

하긴 포장되어 있기 때문에
선물이라고 부르긴 하지

아직은 선물보다 선물 상자

나무 아래 그늘보다는
뜨거운 땡볕을

울창한 숲의 맑은 공기보다는
움츠려 앉아 으깨는 흙의 촉감을

사진(으로 기억에 담기)보다는
단지 몰려드는 잉어를

큰길보다는
작은 숲속 사이사이를

그렇게 종종걸음으로
너에게 이끌려 산책을 한다

언젠간 너도 지금의 아빠처럼
누군가 좋아하는 걸
좋아하게 될 거야

산책

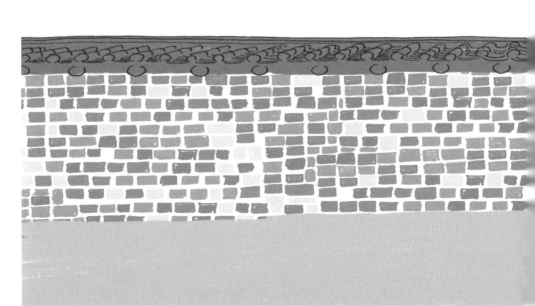

설거지를 하다 보면
엄마~

잠깐 세탁기를 돌리러 가도
엄마~

거실을 치우고 있자니
엄마~

너무 졸린 오후엔 또 놀아 달라며
말똥말똥!

그래
지금의 너는 엄마만 찾지만

언젠가
내가 너를 찾을 테니까……

엄마 찾아 삼만 리

긴 출장을 가는 날

짐을 싸다 보면
아들이 짐이 될 때가 있다

트렁크를 어떻게 열었는지
옷가지를 헤집다 못해
노트북과 충전기는 거실 어딘가에서
나뒹굴고 있다

한술 더 떠서
아예 트렁크 안에 들어가
자리를 잡아 버렸다

휴~

한숨을 한 번 내쉬다
나도 모르게 그 장면을 찍었다

금세 지나가 버릴
기억하고 싶은 순간을

또 한 장 담았달까?

출장 가서도 다시 꺼내 볼
또 하나의 너의 모습이
아빠 안에 들어왔다

미안, 아빠 마음속엔 담아 갈게

자동차로
요리를 하고

자동차로
설거지를 하고

자동차를
전자레인지에 돌리고

그러다 물을 따라 주면
마시는 시늉을 하고

수십 번 밥을 해 줘도
맛나게 먹는다

얼마 안 가
관심사는 또 바뀌겠지만……

아들의 부엌 놀이기구 사용법

계단 옆 소화기를 보면
한 번 만져 봐야 하고

개미는 지나갈 때까지
기다려야 하고

바다에 갈 때마다
돌멩이는 왜 이리 주워 오는지

아이를 키운다는 건

쉽게 지나치던 것들을
새롭게 만나는 시간

사소한 풍경은 결코 사소하지 않아

손가락

03

아이에게 닿기 위해 자라는

아이가 남긴 음식을 자연스레 입에 넣었다

"여분의 수건에, 물통도 챙겼고……. 밖이 쌀쌀할 수 있으니 긴팔도 하나
준비하고, 얼굴이 탈 수 있으니 모자도 가져가야겠다."
가방에 이것저것 챙겨 넣는 아내를 재촉하며 집을 나선다. 짐 가방의
무게만큼 출발 시간은 한참 지났다. 이왕 늦은 김에 카페인으로 에너지를
충전할까 싶어 들른 커피숍은 왜 11시에 문을 여는지…….

마음 한 쪽이 찌그러져 기분 전환할 겸 분위기 좋은 레스토랑을 찾았다.
아이가 잘 먹어 주면 고맙겠는데, 입맛에 안 맞는지 한입 물더니 그대로
뱉는다. 끙, 어긋난 마음이 쌓인다……. 이동하는 차에서 아이는 잠이
들었다. 교통 체증까지 겹쳐 하루를 망친 기분은 서로에게 최대한 깊숙이
박히기 위해 날을 세우고 돌진 준비를 한다. 셋, 둘, 하나! 입 밖으로
나오기 직전, 차를 돌려 가까운 올림픽공원으로 갔다.

큰 버드나무 그늘 아래에 말없이 돗자리를 폈다. 아내는 잠에서 깬
아이를 안고 잔디를 밟으며 볕으로 나갔다. 나는 길게 누워 헐거운
시선으로 그들을 본다. 아이에게 손 그늘을 만들어 주고는 정작 자신은

햇살에 얼굴 찡그리는 아내, 입을 오물거리며 여기가 대체 어디인지
살피는 아이. 나의 동공은 점차 조여져 두 사람의 모습이 또렷해진다.
"오늘 날씨 봤어? 밤이 쌀쌀할 수 있으니 긴팔도 하나 준비하고."라고
말했던 아내의 말이 생각났다. 꼼꼼히 아이의 이유식을 준비하던 모습도
떠오른다. 그러고도 나서면서 잊은 게 없는지 한 번 더 확인하던 모습도
기억났다.

잠시 뒤 점심을 거의 안 먹은 아이를 위해 아내는 이유식을 꺼냈다.
허기가 졌는지 아이는 맛있게 냠냠 오물오물 삼켰다. 아내는 이유식을
정리하다 남은 한두 술을 자기의 입속에 넣고 그릇을 깨끗이 비웠다.

쉴 틈 없이 움직이는 아내의 손가락이 눈에 들어온다. 저 손가락이
분주해서 아이가 건강하게 자라는구나. 이 손가락이 길어질수록 아이의
세상이 평안하겠구나. 아이에게 닿기 위해 나의 손가락도 더 자라야겠다.

누군가에게 오늘 하루를 빼앗겼다는 생각에 날이 바짝 서려던 나의
옹졸함이 매 순간 아이를 생각하는 아내 앞에서 무력하게 무너져 내린다.
아무 말도 하지 않았길 정말 다행이야.

끓인 물이 70도 정도로 식으면
젖병에 필요량의 2/3를 넣는다

그리고 분유를 스푼으로 편편하게 깎아
젖병에 넣고 흔들어 준다

손목에 몇 방울 떨어뜨려
온도를 확인하는 것도 잊지 않는다

마지막으로
분유를 먹이는 자세까지······

수고스럽더라도 나의 실수가
아이의 변비를 부를 수도 있으니

우주선 도킹만큼이나
한 치의 오차도 없이

정확해야 하는 것들

안아 줘!
안아 줘!

조금만 더 가면 다 왔어

안아 줘!
안아 줘!

엄마 짐도 많은데……

그래,
조금만 더 지나면
안아 달라고도 안 할 텐데……

안아 줄 수 있을 때 많이 안아 줄게

그렇게 아이를 안고
5분도 채 안 지나 든 다짐

체력이……
운동을……
시작해야겠어

아야~~~

이리 뒹굴고
저리 뒹굴던 아들이
엄마의 코를 발로 찼다

아이고 허리야~~

이번엔
엄마 등 뒤에 올라타
말타기 놀이를 끝낼 생각이 없다

어깨엔 흥건한 침과
말라붙은 밥알까지

목이 늘어날 대로 늘어난
아내의 셔츠도 남아나질 않는다

오늘 하루, 잘 지냈나요?

수고스런 날들의 연속인 요즘

잠들기 전 아내가
예전과 달라진 점이 있다면

자꾸 어깨를
자꾸 다리를
주물러 달라고 한다

그러던 어느 날,

아침 준비를 하러 일어난
아내에게서
파스 냄새가
난다

반찬을 주러 오시는
엄마에게서 나던
파마 약 냄새처럼

흔들리지 않고

피는 꽃이 없듯

하루 종일 아빠를 위해
잠을 자 준 날도 있었건만

오늘은 말똥말똥
보채고 저지레하며
아빠의 에너지를 바닥내 버렸다

그만큼
활동량이 많았으니
너도 피곤하겠지
기대하며

놓
고

온
다

그렇게 나만의 시간이
만들어지려는 순간!

이런!

등 센서가
작동해 버렸다

방심은 금물

여분의 수건에
물통도 챙겼고

밖이 쌀쌀할 수도 있으니
긴팔도 하나 준비하고

혹시 모르니
모자도 가져가야겠다

그리고 마지막으로

확인해야 하는 것
해결되면 좋은 것

외출 전 체크 리스트

집밥이 지겨워
복잡한 점심시간을 피해
용기 내어 식당에 간 날

잘했다 싶길 바랐건만
일단, 아이가 먹을 게 별로 없다

돈가스소스도
따로 달라고 했어야 했는데……

그렇게 돈가스소스가
묻지 않은 곳을 잘라 내는 사이
(아참~ 사정거리 확보!)
테이블이 난장판이 되었다

남편과 함께 외식했더라면
선수 교체라도 가능할 텐데……

집밥이 지겨워 나왔건만
집밥이 그리워지는 지금

예방 접종 시기,
엄마들이 병원 대기실에 모였다

처음 보는 사이지만
말문이 트이면
어색함은 금세 무색해진다

마치 오래전부터 알던 사이처럼
서로가 무슨 말을 하려는지
다 알고 있는 듯

"아이 몇 개월이에요?"
라는 무적의 멘트로 시작된다

내가 그러니까……
나도 힘드니까……

엄마들의 뜻하지 않은 친목회

"밥 잘 먹고"

"잘 놀고"

"엄마 일찍 올게~"

끝없는 맺음말에
현관을 나서도

멈칫!
멈칫!

그렇게
일찍 나서도

늦은 출근

보 고 또 보 고

조금 전까지

즐겁게 놀고
다정하게 책도 읽고
뽀송뽀송 목욕도 하고

그러다
잠깐~!
아주 잠깐~!
쉬고 있던 중에

외출했던 아내가
현관문을 연 것뿐

주말, 엄마가 제일 싫어하는
아빠의 시체놀이

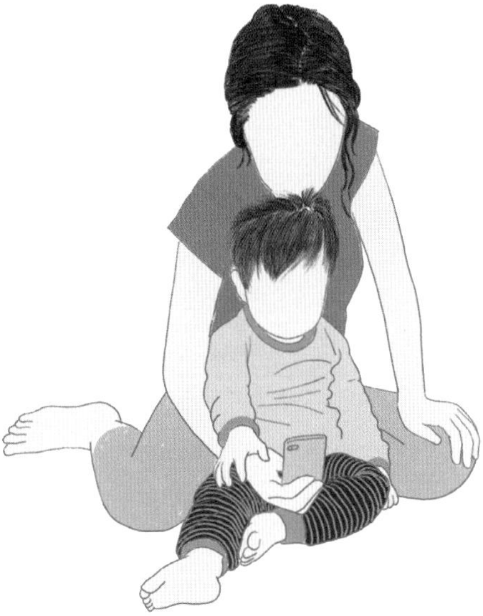

목요일 저녁 8시
영상 통화 벨이 울린다

아빠!

이 시간 아들의 얼굴을
휴대폰으로 본다는 건

야근이란 얘기

아빠의 늦을 거란 말을
아는지 모르는지

아들은 천진난만하게 웃으며
끊을 생각이 없다

휴대폰 화면 밖으로
열이 오르고 있는
아내의 모습이 보이는 것 같다

아빠의 야근은 엄마의 야근

반 고흐의 그림들

알아봐 주는
동생 테오의 지지가 없었다면
우린 그 그림들을
보지 못했을지도 몰라

반 고흐의 그림만큼이나
동생 테오의 후원이 중요했겠지?

아빠도 너라는 작품을
소중하게 생각하기 때문에

또 여름이 와도
이렇게 자려고 해

내가 좀 가렵고 말지……

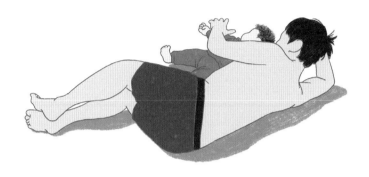

아빠가 팬티만 입고 자는
진짜 이유

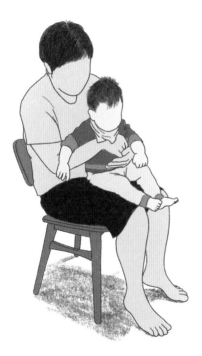

말을 배우고
놀기도 하고
잠도 자고
책도 읽는
세상

아빠라는 의자

사이즈가 맞을수록 앉지 않겠지

손톱을 깎는 일은
잠들었을 때 하면 되지만

머리카락을 자르는 일은
미용실 누나에게 맡기면 되지만

너를 꽉 움켜잡지 않으면
안 되는 일이 있다

매일 잠들기 전의 전쟁인
치카치카

미안하다 사랑한다

어린이날
아침이 밝았다

쉬는 날이라며
어젯밤 와인을 한 잔……
아니 한 병을 마셨더니

아침부터
몸이 천근만근

하지만 출근하지 않는 아빠를
아들이 너무 반긴다

그치,
오늘은 내가 쉬는 날이 아니라
아이를 위한 노는 날이지……

정신을 차리자!
몸을 일으키자!

쉬는 날과 노는 날의 차이

여지없이 찾아온
무더운 여름

너를 안고
한 걸음 한 걸음
옮길 때마다

송골송골 맺히는
땀방울

이럴 때마다
살며시 불어 주는 바람이
어찌나 반가운지

네가 걷기 전까지의 여름

상도 봐야 하고
맛집도 찾아야 하고
급히 길도 검색하다 보면

아이가 보는 앞에서
휴대폰을 사용할 때가 꽤 있다

아들의 시선에선 휴대폰이
엄마 아빠가 가지고 노는
최애 장난감처럼 보일 터

결국, 잠시 정신 줄을 놓은 사이
휴대폰이 아들의 손에 들어갔다

그럴 때마다

아내와 나는 마치 미리 짜 놓은
각본대로 움직이는 한 팀이 되어

아들의 시선을 돌리고!
아빠가 낚아채고!
엄마가 받아 감추면!
끝!

이런 게 팀워크!

회사 일로 며칠 만에 아들을 보는 날이면
언제 이렇게 컸지?
라는 생각이 든다

하지만 그 사이

한동안 보지 못했던 아빠를
아들은 내심 어색해한다

물론, 이런 일이
많지 않아야겠지만

아들과의 어색함을
돈 들이지 않고도
광속으로 되돌릴 수 있는 시간

아들과의 목욕은

그런 어색함을 씻는 시간이랄까?

그래서 부자

나무 블록 기차 조립은
이렇게 어렵지 않았는데

주차장 놀이 세트도
이렇게 고되진 않았는데

부엌 놀이 장난감은……

난이도가 꽤나 높구나
진땀을 빼게 하는구나

아이의 장난감 조립이
점점 야근을 하게 한다

여보, 이제 장난감 그만 살까?

배 속에 있을 때가
편하다는 말
그때는 몰랐네

기어 다닐 때가
편하다는 말
그때는 몰랐네

걸어 다닐 때가
편하다는 말
그때는 몰랐네

크는 게
아쉬울 거란 말
이제는 알겠네

지금이 가장 힘들다는 생각이 들면

오래 본 사이일수록
서로 잘 안다고 생각한다

매일매일을 함께하는
우리 사이가 그렇겠지?

하지만
그게 아닐 수도 있어

가장 오해하기 쉬운 사이가
가장 가까운 사람일 수도 있으니까

그래서 아빠는 네가 커 갈수록
널 잘 안다고 생각하지 않으려고 해

가깝기 때문에 더 바라는 게 싫고
그땐 너도 복잡한 사람이 되어 있을 테니

그러니 지금 이 순간

아빠도 즐거울 거라 속단하지 마렴

루돌프는 크리스마스가 좋았을까?

정성스레 도시락을 싸 오면 뭐 하니
바닥에 흘리는 게 반인데……

친환경 우유를 가져오면 뭐 하니
남긴 건 늘 엄마가 마시는데……

유기농만 골라 먹이면 뭐 하니
신발을 더 많이 빨아 먹는데……

그래도
건강하게 잘 크는 건

엄마의 사랑을
먹어서겠지

그렇게 아이는 엄마의 시간을 먹고 자란다

되새김질

04

나 잘하고 있는 걸까 반복적으로 애쓰는

'미안해'와 '잘하고 있을까'의 진자 운동

어둠 속에서 잠든 아이의 실루엣을 그저 바라볼 때가 있다. 몸을
뒤척여 흘러내린 이불을 간간이 덮어 주며 아이의 감긴 눈을 가까이에서
들여다본다. 속눈썹이 이렇게 길었구나, 요 고사리손으로 내일은 또
어떤 저지레를 하려나. 이런 생각을 하는 나와는 달리, 아내는 아이에게
미안한 마음이 먼저 든단다.

체력이 안 돼 더 오래 안아 주지 못해서 미안하고, 끼니 때마다 빨리
먹자고 보채 미안하고, 집안일 하느라 많이 웃어 주지 못해 미안하고 또
미안하단다. 덩어리를 크게 잘라 목에 걸렸나, 물을 적게 먹여 변비에
걸렸나, 신발을 큰 걸 신겨 넘어졌나, 옷을 얇게 입혀 콧물이 나나,
늦게까지 안 재워서 컨디션이 안 좋은가……. 아이의 상태에 따라
아내의 마음이 크게 흔들린다. 내가 미숙해서 아이를 힘들게 하는 건
아닌지, 내가 현명하지 못해서 아이를 고달프게 하는 건 아닌지, 매 순간
자기반성을 한다.

'미안함'을 되새김질하는 아내를 이해하기까지 꽤 시간이 걸렸다.

나는 나에게 그런 질문을 던져 본 적이 없었으니까. 오히려 지나치게
미안해하는 아내를 보며 자신에게 미안한 마음을 가지길 바랐다.
아이 때문에 뒷전으로 밀린 개인 삶의 회복이 답이라고 생각했다.
엄마의 행복한 웃음이 고스란히 아이의 표정이 된다고 믿으니까.
'내가 지금 잘하고 있을까?'라는 질문을 내게도 던져 보았다. 내가 얼마나
적극적으로 행동하고 있는지, 아이에 대한 미안함이란 깊은 우물 안에
머물러 본 기억이 있는지 되짚어 보았다.

그랬다. 육아라는 울타리 밖으로는 쉬이 나갈 수 없다. 그러니 '미안함'도
늘 울타리 안에 있을 수밖에. 그럼에도 그 안에 '충분히 잘하고 있다'는
다독임이 함께 있다면 거뜬히 내일의 육아를 소화할 힘이 생긴다. 아내가
진심으로 원하는 건, 같은 곳을 바라보고 같이 걸어가기만 해도 되는
일이었다. '힘들지?' '무척 잘하고 있어!'라고 공감해 주고 다독여 주는
일이었다.

여전히 돌아 돌아 조금 더 성숙한 인간이 되기 위한 답을 찾아가고 있는
중이다. 그 여정에서 우리는 '가족'이란 단어를 만난다.

세월아~ 네월아~
물고만 있지 말고 꼭꼭 씹으면서 삼켜야지

이리 갔다~ 저리 갔다~
밥 먹을 땐 한자리에서 먹자

웩~
아이를 너무 재촉했나……
목소리가 너무 컸었나……

입안에 들어간 건 둘째치고
배 속에 들어간 것까지
토해 버렸다

다시 되돌릴 수도 없는
한 시간여의 정성이
다시 원점으로 돌아와 버린
이 절망감……

몇 시간 후면 또다시 시작될 긴 식사의 여정

그럼에도 무의식중에 일어나
간식을 준비하러 부엌으로 간다

네가 조금 늦게 걸어도
혹은 발달이 빨라도
엄마는 늘 조바심이 난다

그런 동안에도
너는 기를 쓰고

머리를 들고
기어가고
앉게 되고
또 걷게 되면서

하나씩 하나씩 세상 사는 법을
배워 가고 있는 거겠지?

옆집 아줌마의
조언보다도

책에 쓰여진
그 어떤 해법보다도

스스로 터득해 가는 너와 나를
믿고 기다릴 거야

나의 엄마가 그랬던 것처럼

잘 살고 있는 걸까?
나만 이렇게 힘든 걸까?

오랜만에 친구를 만났지만
초조한 마음은……

대화를 나눌 여유도 없이……
위로를 받을 겨를도 없이……
자리에서 일어난다

집으로 향하는 길
……
평온하려 애쓰던 마음이
괜스레 서러움으로 바뀐다

또다시 시작될
반복되는 일상
날 기다리고 있을 집안일에
날 기다리고 있을 아이 생각에

그 초조함은 이미
현관문을 열었다

친구를 만나고 온 날

아빠와 도시를 만들었던
블록 박스를 꺼내 오면서
엄마에게 묻는다

아빠 언제 와?

저녁을 먹고 노곤했는지
감기는 눈꺼풀을 비비며
엄마에게 다시 묻는다

아빠 언제 와?

아들은 기다림과 힘겹게 싸웠지만
결국 잠을 이기진 못했다

돌아오자마자
불 꺼진 아이 방문부터
살며시 열어 본다

씻자마자 아이 방에 들어가
잠시 네 옆에 누웠다

늘 미안한 아빠의 앵글

아내는
늦게 귀가하는
남편에게 전화하고

아들은
함께 놀아 줄
아빠를 기다리고

노부모는
점점 연락이 뜸해지는
나이 사십이 된 아들을
그리워한다

나만 잘하면 해결될 일들

따뜻하게 입혀
외출하려던 찰나
목이 답답하다고
징징~

해가 져 집에 들어가자면
한 번만 더 탄다더니
미끄럼틀 중간에서 브레이크를 잡고
징징~

비싼 한우 잘게 썰어 주면
잘 먹는 듯하다가도
질긴 듯 뱉어 버리며
징징~

엄마를
들었다 놨다~ 들었다 놨다~

욱하는 마음
들었다 놨다~ 들었다 놨다~

답안지만 없지
매일매일이 시험인

육아

힘들다 힘들다 하던
육아의 일상도
그러려니 습관이 되면

오히려
하루하루를 지탱해 주는
힘이 되기도 한다

너무 완벽한
부모가 되려기 보단

그저 보통의 부모이고
여전히 서툴다는 것을
인정하면

내 마음도 더 편해지고
아이도 더 안정감을 갖게 될 거야

내일은 이 말을 믿어 보기로 한다

뭉그적뭉그적 먹는
너를 보채 미안하고

10분이면 지쳐
더 못 놀아 주는 것도 미안하고

그렇게 지쳐 버리면
많이 웃어 주지 못하는 것 같아
또 미안하고

잠든 너를 보면서
습관처럼 오늘도 반성을 하고 있네……

맥주 한 모금에 잊자
그래야 내일 또 널 돌보지

그래도 마음의 소리(화)를
밖으로 내지 않아서 다행인 하루

미안해 미안해 그래서 더 사랑해

달

05

여유, 달과 나 사이의 거리만큼 떨어져 있는

여유에 다다르는 길

'자우림'의 노래를 좋아하던 아내는 가끔 차 안에서 '매직 카펫 라이드'를
가사 하나 안 틀리고 끝까지 불렀다. (잘 부르고 못 부르고는 중요하지 않다)
하지만 최근에는 본 기억이 없다. 노래를 부르기는커녕 노래를 찾아
듣지도 않는다. 설사 어떤 노래를 들었다 한들, 눈을 감고 끝까지 앉아
듣는 일도 없었다.

언젠가 장모님께 아이를 맡기고 영화를 보러 갔던 날, 영화가 중반을
넘어가기도 전에 계속 시계를 흘끔거리던 아내의 모습이 기억난다.
(그날 집으로 돌아가는 발걸음은 축지법 그 이상이었다) 다 먹지 못해
남았더라도 시간 맞춰 이유식을 준비해야 하고, 집 안 정리와 청소며
빨래는 하루에도 몇 번을 돌려야 한다. 아이가 잠든 뒤에도 잠자리에
누워 우유와 달걀을 미리 채울 요량으로 장을 본다. 한 마디로 여유가
없다.

이상하게도 오늘 많은 일을 했다고, 내일 여유가 생기지 않는다. 또다시
정신없는 일상이 반복된다. 하루 이틀도 아니고, 아내의 정신없는 모습을

보면 괜스레 미안해지는 게 또 남편의 마음. 설거지를 도맡아 하고,
쓰레기 버리는 일과 화장실 청소는 아내의 수고를 덜고자 본능적으로
한다. 하지만 이 정도로는 아내가 여유롭게 음악 듣는 모습을 기대할
수 없다. 시간이 지나 조금씩 내가 집안일로 여유가 없어지자, 그제야
조금씩 초롱초롱 초점이 맞는 아내의 눈동자를 볼 수 있었다.

그러는 사이 아들과 전에 없던 애착 관계가 자연스레 만들어졌다. 아내
없이, 하루 종일 아들과 단둘이 시간을 보내기도 한다. 또 아들과 뭘 할까
고민하는 퇴근길 발걸음도 가볍다. 그제서야 아내는 진정한 '여유'를
만날 수 있다.

때론 '힘내'라는 말만으로도 위로가 된다. 하지만 남편의 변화가 더 좋은
위로일 거라 믿는다. 대개 아내가 육아의 시행착오를 겪으며 먼저 여유를
잃는다. 육아와 가까워지는 남편 속도가 더디긴 하지만, 남편이 여유를
잃는 만큼 아내는 여유와 안정을 찾는다. 그렇게 서로가 누려야 할
'여유'에는 균형이 필요하다.

찰나였지만, 아내가 차 안에서 '자우림'의 노래를 불렀다.
오늘따라 몇십만 킬로미터 떨어져 있는 달이 선명하다.

저녁노을에
늘어진 그림자 사이로 누워

발가락을 움직여 보니
그림자 속 발가락도 움직인다

그래, 그래도
숨이 붙어 있네

난 아직
살아 있는 거네

일단, 거실부터 치울까?
저녁은 또 뭘 해야 하나……

일시 정지 상태에서도
머릿속은 그 생각뿐이지만

혼자 노는 아들의 뒤에 누워
잠깐의 긴 숨을 쉬어 본다

살아 있다

까꿍~ 까꿍~

천사가
우리 집에 왔네

잘 지내보자

하지만
잊지 말아야 할 건

다른 누구보다 먼저
나하고 잘 지내야 한다는

잊어선 안 될
사실!

육아가 시작될 때

무더위에도 아랑곳 않고
한강 주변을 산책하고
땡볕을 피해 나무 그늘 아래서
모래놀이까지……

해 질 무렵에야
집으로 돌아오면

잠들기 직전의 아들을 보채
신속하게 목욕을 시키고

그사이 손만 씻은 아내는
저녁 준비를 한다

순조롭게 하루를 마무리하기 위한
능숙한 협업이랄까?

다행히 아들은 저녁을 잘 먹었고
피곤했는지 금세 잠들어 버렸다

평소보다 조금 이른
우리만의 시간

시원한 맥주를 준비해 거실로 가는데
그제야 한숨 돌렸다며 아내가 하는 말

"더운데 엘리베이터 좀 켜야겠다"

그렇게 에어컨은 켜졌다?

깨어 있는 내내
쉬지 않고 움직이는
너

그러다 슬슬 눈을 비비며
낮잠 시간이 다가오면

엄마에겐 없어서는 안 될
잠깐의 고요한 시간

뭔가 해야 할 것 같지만
빨래 돌리고 설거지하고
잠시 멍때리면 끝

5분이나 남았을까⋯⋯
그래도 옆에 누워
잠시 눈을 감아 본다

눈만 감으면 잠드는 행복

결혼 전엔 자정이 넘어도
그렇게 잠이 안 오더니만
어떻게 이렇게 눈만 감으면
잠들 수 있지?

엄마가
오래된 친구를 만나는 날은

아들이
새로 사귄 친구와 신나는 날이자

아빠에겐
반나절짜리 어색한 친구가 생기는 날……

엄마의 친구 가족이 집에 온 날

여주인공이 살을 너무 뺐네
나이 들어 보여~

이거 이거 스토리가
뻔한 반전이잖아

너무 긴장할 것 없어
결국 해피 엔딩일 텐데 뭐

퍽! 훅!

……

아내가 드라마 볼 때
하지 말아야 할 것

드라마 해설

앗!

잠깐 눈을 붙였을까……
시간이 벌써 이렇게 되다니!

얼굴에 물 묻히고
(마스크 쓰니 괜찮겠지……)

머리는 양손으로 쓸어 올려
휘리릭~ 휘리릭~

저녁은 언제 먹을지 모르니
급히 물 말아 먹고

늘 이렇게
하원 시간이 되면 분주해지는

나는 신데렐라

아이 챙기다 보면
나를 돌볼 겨를이 없고

계절이 바뀔 때마다
꼬질꼬질하게 입고 다니지 않도록
남편 옷도 신경 써야 하고

시어머니 오시는 날엔
그래도 평소보다 식사 준비에
손을 더 움직이고

직장에선
연차가 쌓이니
책임져야 할 일이
더 많아졌다

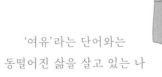

'여유'라는 단어와는
동떨어진 삶을 살고 있는 나

너무 많은 역할로 인해
나의 하루는 어느덧
24시간이 모자랄 지경

힘들다 힘들다 하면서도
늦은 밤 드라마를 보려고 휴대폰을 켠 건데
마켓컬리를 눌렀다

어쩔 수 없는, 나는 엄마

먹고

(채소가 좀 부족하네)

놀고

(그래, 이젠 레고도 지겨울 때가 됐지)

읽고

(읽었던 책밖에 없네…… 그림책도 다시 사야겠어)

그렇게 너에게만 몰입해

정신없는 하루를 보내다 보면

몇 시지?

(벌써, 7시? 배고프겠구나)

그렇게 시계를 보던 시선이

거실의 풍경과 마주하면

여기저기 오늘 하루 펼쳐 놓은

식판에 레고에 그림책이 한가득

저건 또 언제 치우나……
언제쯤 나만의 시간을 가져 볼 수 있을까?

그런 생각이 더 드는
한겨울 집에서만 보낸
어느 날에……

창문 안의 계절

위로받고 싶은
어느 날

내가 나를 위해서
할 수 있는 일이란

몸에는 좋지 않을지언정
조금 더 매콤하게 만들어

밤이 늦었을지언정
남기더라도 푸짐하게
한 그릇 가득 담아

비워질 때까지
나하고만의
시간을 보내는 것

가끔은
Feat. 한 잔의 맥주

등원 시간이
10분도 채 남지 않은 지금

느닷없이 책 읽자고
꼼지락~ 꼼지락~

냉장고 문 열고 싶다고
안아 달라 보채고

옷을 입히려니
쏜살같이 도망쳐 버리고

머리에 물만 묻힌 채 서둘러 나서면
희한하게 방금 내려가 버린 엘리베이터……

어찌 되었건
돌아와 한숨 돌리려 하면

패잔병처럼 누워 있는 장난감과
그 위로 너저분한 잠옷과 수건들
그리고 나를 위해 차린 듯한

입도 안 댄 아이의 식판까지……

네가 있으면 정신없고
네가 없어도 정신없는
매일매일의 이 시간

1분만이라도
그게 안 되면
10초만이라도

등원 후 일시 정지

아직, 안 자니?

어! 아영이구나, 오랜만이다

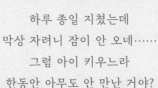

하루 종일 지쳤는데
막상 자려니 잠이 안 오네……
그럼 아이 키우느라
한동안 아무도 안 만난 거야?

응 거의 집콕이었지.
그랬구나……
다들 뭐 하고 사는지 궁금하다

매운 곱창이 너무 먹고 싶어!
나도 나도
커피도 마시며 수다도 떨고 싶고……

그래~ 그래~
오랜만에 시간 내서
점심 먹자
(그게 언제일지는 모르지만……)

그래, 너도 잘 자~

어떻게 지내?

토요일, 이른 아침부터
남편이 아이를 데리고 나갔다

금요일 저녁 내 모습이 좀 그랬었나……
어쨌거나 나만의 시간을 준 것이다

먼저,
커피 한 잔

하지만
집 안을 둘러보니

남편이
청소기를
한 번 돌리긴 했지만

왠지
설거지만 하면
완벽할 것 같은……

정말
빨래만 돌려 놓으면
맘이 편할 것 같은……

그렇게 하나씩
집안일을 하는 사이

남편과 아이가 돌아왔다

엄마의 '여유' 사용법

자장자장 우리 아기
자장자장 우리 아기
......
자장자장 우리 아기
자장자장 잘도 잔다
......
꿈나라까지 바래다주는 중

그래야 나의 시간

건전지를 갈았을 뿐인데
자동차가 다시 움직이자
시선이 고정된다

이불 속에서 전등을 켜 줬을 뿐인데
한참을 나올 생각이 없다

좀 수고스럽긴 하지만
들었다 놨다를 반복하는 것만으로도
꺄르르~ 해맑게 웃어 댄다

아빠에겐 당연한 일들이
아이에겐 모든 게 신기한 세상

그러는 사이
얼마나 시간이 지났을까?

소파에 앉아 있던 아내가
오랜만에 미소를 짓는다

아내를 쉬게 하자

봄밤

06

봄, 밤에서 아침에 이르기까지

봄밤을 거닐다

한참 일을 하고 있는데, 아내에게서 문자가 왔다. 결혼 전 나를 찍은
사진 한 장을 보내왔다. '이게 언제 적 사진이지? 참, 어렸네…….' 언제
찍었는지 기억도 나지 않는 사진을 그렇게 한참을 바라보다 혹시 다른
사진도 있는지 궁금했다.

가족이 모인 저녁 시간, 소파에 앉아 습관적으로 휴대폰을 만지작거리는
아내에게 물었다.
"혹시 다른 사진도 있어?"
아내는 직접 보라며 휴대폰을 건넸다.

휴대폰 속 사진은 연도별 월별로 정리가 잘 되어 있어, 과거의 사진을
훑어보기가 편했다. 세상에나……, 신기하게도 아내는 그동안의 사진을
하나도 버리지 않고 모아 두었다. 내 과거 사진을 찾으려 했던 목적은
까맣게 잊고, 아이의 지난해, 그 지난해 사진에 자꾸 시선이 멈췄다.
특히나 내가 없고 아내와 아이 단둘이 데이트했던 사진에 더 오래
시선이 머무른다.

아내와 나는 지난 과거를 얼마나 다른 시각으로 기억하는지 이야기를
나누다 아내가 말했다.

"이때는 집에 잘 들어오지 않아 정말 힘들었어."

과거의 사진은 내가 알지 못했던 당시의 상황과 전개, 시간과 장소,
사소하게 다퉜던 일들을 줄줄이 소환했다. 그러려고 사진을 보겠다고 한
것이 아니지만, 휴대폰을 내려놓으면서 괜스레 아내에게 미안한 마음이
들었다.

과거의 어두운 행적까지 스스럼없이 이야기 나눌 수 있는 건 쉼 없이
다퉜던 일련의 과정이 쌓여 우리를 돈독하게 만들어 준 덕분이다. 다른
삶을 살았던 우리는 서로에게 실망하고, 이해하고, 위로하고, 용서하는
방법을 배우면서 단단한 관계가 되었다. 그런 의미에서 가족만 한 관계가
있을까?

사진을 펼쳐 보며 함께 보낸 시간을 이야기 나누는 봄밤의 어느 날,
서로를 이해하고 공감하고 위로하고 때로는 용서해야 할지도 모를
따뜻한 아침을 맞이하기를 바라며 자리에 눕는다. 겨울밤도 여름밤도
언제나 봄밤이길, 아침은 늘 따사롭기를 꿈꾼다.

예나 지금이나
아내는 큰 개가 다가오면
기겁을 한다

아니 작은 개가 다가와도
어느 때보다도 민첩해져
일단 내 뒤에 숨고 본다

벌레는 말할 것도 없어서
'캠핑' 같은 걸
가 본 기억이 없다

그랬던
아내가

결혼 3년 차이자
육아 2년 차가 되었을 때

종종 아들 옷에 묻은
밥알을 주워 먹기도 하고

그 누구보다 능숙한
모기 사냥꾼이 되었다
(맨손이래야 잡을 수 있단다)

아내의 환생

한참을 잠든 너를 바라보다
먼 미래의 우린 어떤 모습일까?
생각해 본다

몇 해의 봄만 지나도
구석구석 온몸을 씻길 일도 없을 테고
놀이터에서 하염없이 널 바라볼 일도
없을 것 같다

그렇게,

지금보다는
커피도 여유를 갖고
마실 수 있겠지만

그런 만큼,
함께 이야길 나눌 시간도
함께 식사를 하는 부산함도
줄겠다

언젠가 그때,
지금을 돌이켜 보며
이 시간을 그리워하겠지

엄마가 지금을 더 많이 간직하게

천천히 크렴

손을 잡고 걷다 보면

아들도 속도에 맞춰
걷고 있는 모습에서

내가 아빠가 되었다는
내게 가족이 있다는
생각을 하게 된다

게다가 오늘은
모델의 의견은 중요하지 않은
깔 맞춤 패션까지

뒤따라오는 아내의
므훗한 시선이 느껴진다

똑 닮는 기쁨

장난감을 무너뜨리다
눈이 마주치자
좋아라 깔깔댄다

세상 너무 해맑게 웃는 모습

그 모습을 가만히 보고 있자니
불현듯 서운해진다

지금은

엄마 바짓가랑이를 한시도
놓는 일이 없지만

엄마 피부가 닿지 않으면
잠들려고 하지도 않지만

품 안에 깊이 안긴 너이기에
언젠가 놓아줄 일만 남은 것 같다

들키지 않을 만큼
잠깐, 눈물을 흘렸다

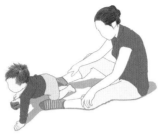

친구들이
집에 놀러 왔다

온 시선이
자신에게 집중되니

이모들에게
자동차 장난감을
쥐여 주는 여유까지……

떼쓸 겨를도 없는
처음 받아 보는
스포트라이트!

오늘은 마치
행성들 사이에서
강한 빛을 발하는
눈부신 태양이 된 것 같구나

다가올 삶이 지금처럼
반짝이지 않을 때가 있더라도

걱정하지 마렴

엄마는 어떤 어둠 속이라도
널 발견할 테니까

넌 엄마의 빛이니까

늘 마음의 문을
열어 두라고들 한다

아빠는 누구보다도
네게 마음의 문을 열어 두련다

쉬고 싶을 때
위로받고 싶을 때
울고 싶을 때

자연스레
아빠의 가슴에 안겨

지금처럼
편히 쉴 수 있도록

침대는 가구가 아닙니다

아이를 보다 보면
불현듯 엄마가 그리운 날이 있다

그런 날엔 엄마에게
문자를 보내게 된다

'무슨 일 있니?'
라는 엄마의 물음에
회신을 하지 못했다

'문자가 왜 이리 기운이 없니?'
다시 온 답장과 함께

주말이 시작되기도 전에
반찬 한가득 손에 쥐고
엄마가 오셨다

아내의 든든한 백

214

잠는 아늘의 고사리손을
내 손바닥 위에 올려 본다

세상의 온갖 험난함 속에서
아이를 보호할 요량으로

하나씩 하나씩
너에게 부모의 사랑을 채우는 건
아주 당연한 일

하지만 명심해야 할 건

비워 둔 만큼
아이 스스로 채운다는 것

부모에게 받은 사랑과
스스로 채운 사랑이
항상 함께하기를

손을 잡고는 있겠지만
꽉 쥐진 않을 거야

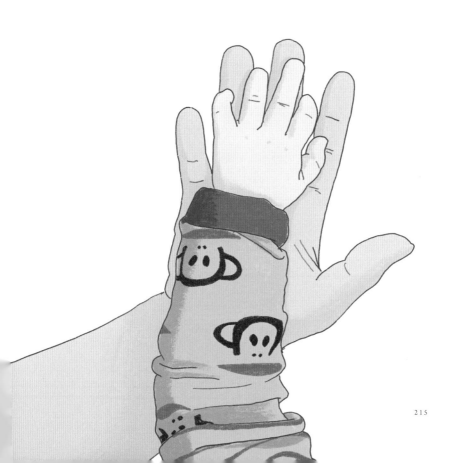

아이한테 물을까
화장도 안 하고

콧물에 목까지 늘어나니
예쁜 옷은 사 봤자

이래서 안 하고……
저래서 못하고……

언젠가부터
거울 앞에 서는 게
망설여지기도 하지만

그럼에도
늘 나를 뒷전에 두는 게
싫지 않은 이유는

엄마 좋아! 엄마 예뻐!

늘 예쁘다 해 주는

네가 있으니까

백만 년 만에
친구를 만나는 날

뭘 입지?
뭘 신지?

늙수그레해 보이지 않는 옷으로
그리고 조금 높은 힐로

거울 앞에서
오랜만에 화장도 제대로……

하지만

옷장엔
목이 늘어난 티셔츠에 편한 옷들만 주렁주렁

신발장엔
스니커즈 사이로 뽀얗게 먼지 앉은 힐

뭐 이런 게
그리 중요할까 싶으면서도……

그리운 네일 아트

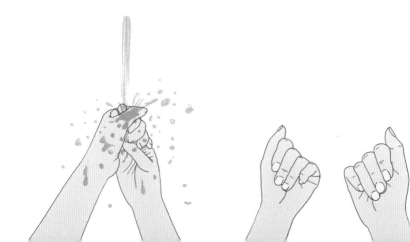

퇴근길에 장을 보며
세일하는 딸기 두 팩을 샀다

집에 돌아와 식사를 마친 후
딸기를 씻었다

가족이 모두
거실에 모인 순간

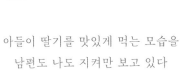

아들이 딸기를 맛있게 먹는 모습을
남편도 나도 지켜만 보고 있다

문득, 엄마가 생각났다

엄마는 늘 딸기가 싫다고 하셨는데
처음부터 그러진 않았을 거다

지금의 우리처럼
늘 아이에게 양보하던 모습이
단지 습관이 되어 버린 게 아니었을까?

좋은 게 있으면
먼저 아이를 생각하는 마음

남편도 나도
그렇게 부모가 되어 가고 있다

어머님은
딸기가 싫다고 하셨어

엄마가
체력이 없으면
하루하루 버티기 힘들다면서

규칙적으로 운동을 안 하던 아내가
규칙적으로 운동을 해 보겠단다

숨 쉬는 것이
운동의 전부였던 아내가
그렇게 살기 위해
운동을 시작했다

작심삼일로 끝날 줄 알았는데
이번엔 생각보다 오래간다

엄마는 위대하다

지금은
서툴게 엄마를 찾지만
정확히 발음할 때가 되면
친구를 찾겠지⋯⋯

지금은
온몸 구석구석을 씻겨 주지만
곧 부끄럽다며
혼자 목욕을 하겠지⋯⋯

세 살이 얼마 안 남은
지금

그렇게 멍하니
다가올 미래를
떠올려 보다

네 울음소리에
잠에서 깬 듯
다시, 지금의 너를 본다

지금, 사랑할게

하루를 편집하다

순식간에 지나는 15초 광고지만, 우리는 광고 속 모델의 화려함을
기억하고 멋지게 포장된 제품을 구매한다. 15년 동안 광고를 제작해
온 나는, 15초 너머 수없이 버려진 컷들의 수고로움을 본다. 소비자의
뇌리에 남기기 위해 좋은 컷을 고르고 골라 편집한 탓에, 모델이
아름다워 보이고 제품을 구매하고 싶어진 것이라고 믿는다.

아이를 재우다 잠들어 버린 아내를 보며 생각했다. '매일 반복되는 우리
가족의 하루도 편집이 필요하겠군.' 끼니를 차리느라 번번이 분주했을
테고, 아이는 제시간에 깔끔히 비웠을 리가 없을 테고, 돌아보니
설거지가 산처럼 쌓였을 테고, 외출하고 돌아오면 두 배로 늘어난 빨래가
기다리고 있었겠지. 아내의 에너지는 늘 바닥. 아내는 주말을 쉬는 날이
아니라, 더 많은 청소와 잡일을 하는 날로 기억하겠지. 그러다가도
새근새근 잠든 세상 예쁜 모습, 포근히 안겨 웃는 모습을 꼭 기억해야만
할 것 같고, 이유식을 깔끔하게 비운 날, 처음 "엄마!"라고 말한 날을

평생 머릿속에 박제하고 싶겠지.

하루 동안 일어난 여러 일 중에 좋은 컷을 고르고 골라 편집한다면, 결국 오늘을 행복한 날로 저장할 수 있을 테다. 십수 년 숙련한 편집 기술을 발휘해서 잠들기 전, 하루를 돌아보며 부정적인 기억은 편집하고 행복한 기억만 보관하기로 마음먹었다.

소나기가 내린다고 해서, 비바람이 몰아친다고 해서, 눈이 너무 많이 내렸다고 해서 나쁜 날씨로만 기억할까. 나는 창문에 맺히는 빗방울을 좋아해서, 눈사람을 만들어서 좋은 날씨로 기억한다. 애초에 안 좋은 날씨란 없는 게 아닐까? 평온하거나 활기찬 기억들로 하루를 채워야겠다. 오히려 매일매일 아무 일도 일어나지 않아 기억할 만한 게 없다면, 이 야무진 계획은 곤란해질지도.

물론 지치고 힘들어 날카로운 기억이 언제나 선명할 것 같지만, 시간이 지나면 흐릿해질 테다. 어느 날, 흐릿한 기억을 다시 꺼내 '그때 이렇게 했으면 어땠을까? 지금이라면 더 잘할 수 있을 텐데……' 반성하겠지. 그럼 그 기억은 아쉬움으로, 애틋함으로 남겠지.

오늘 하루가 긍정적으로 편집되길 바라며…….

오늘도 반짝이는 너에게 : 매일이 똑같아 보여도

초판 1쇄 발행 2022년 11월 30일
초판 2쇄 발행 2022년 12월 15일

지은이 그림에다
펴낸이 이승현

편집 최순영
디자인 강경신

펴낸곳 ㈜위즈덤하우스 **출판등록** 2000년 5월 23일 제13-1071호
주소 서울특별시 마포구 양화로 19 합정오피스빌딩 17층
전화 02) 2179-5600 **홈페이지** www.wisdomhouse.co.kr

ⓒ 그림에다, 2022

ISBN 979-11-6812-393-9 03810